Raumschiff Cosinus

Der Bordcomputer hat die Schnauze voll

ISBN 978-3-942471-01-5

http://nono-verlag.de
Text und Zeichnungen: Tanja Abou
Layout: Deniece Cheney
Druck: Laserline Druckzentrum Berlin, Scheringstraße 1, 13355 Berlin

Für meine Lieben,
meine family-of-choice.

Vorbemerkung

Der besseren Verständlichkeit halber wurden alle Dialoge im Buch aus dem Kosmonautischen übersetzt.

Im Kosmonautischen gibt es für Personen kein „sie“ oder „er“ und auch kein „es“ – wir haben uns bemüht, dies bei der Übersetzung zu beachten. Für den kosmonautischen Titel „Cpt_“ – sprich „Cäpt´n“ – haben wir keine bessere Entsprechung gefunden, deshalb benutzen wir weiter die kosmonautische Schreibweise.

Prolog

Dies ist die Geschichte von ganz besonderen Freundschaften.
Oder einer ganz besonderen Familie.
Je nachdem, wer gerade davon erzählt –
oder wen ihr fragt.
Gemeint ist aber immer dasselbe:
Eine Geschichte von ganz Unterschiedlichen, die sich kennen und mögen lernen, die Abenteuer zusammen erleben, manchmal auch streiten und füreinander da sind.

„Unterschiedliche wer?“, habt ihr euch vielleicht gerade gefragt.
In diesem Buch werdet ihr vier kosmonautische Wesen kennen lernen:

Zunächst wäre da Wuschel. Wuschel kann fliegen, liebt Schokolade und hat viele gute Ideen – meistens schneller als alle anderen.
Wuschel teilt sich ein Raumschiff mit Cpt_Cosmo. Cpt_Cosmo sieht einem Menschen sehr ähnlich, trägt immer und überall einen kosmonautischen Schutzanzug und ist fast immer gut gelaunt.
MICZ ist in dieser Geschichte nicht so gut gelaunt – MICZ wird sich später selbst vorstellen und dann erfahrt ihr auch warum.
Das waren drei.
Und mit Nummer vier beginnt unsere Geschichte.

Hier sehen wir Magentos. Einen kleinen, pinken Planeten im Spiralsonnensystem.
Die Luft auf Magentos ist der auf dem Planeten Erde
(also dem, auf dem ihr euch wahrscheinlich gerade befindet) sehr ähnlich.
Ihr könntet dort also sehr wahrscheinlich atmen.
Es wäre an dieser Stelle zu viel verraten, wie ein riesengroßes Ei auf diesen Planeten gekommen ist.
Wichtiger ist an dieser Stelle, wer IN diesem Ei ist.
Ihr dürft ruhig neugierig sein – wir haben vorher gefragt, ob wir die folgenden Bilder abdrucken dürfen.

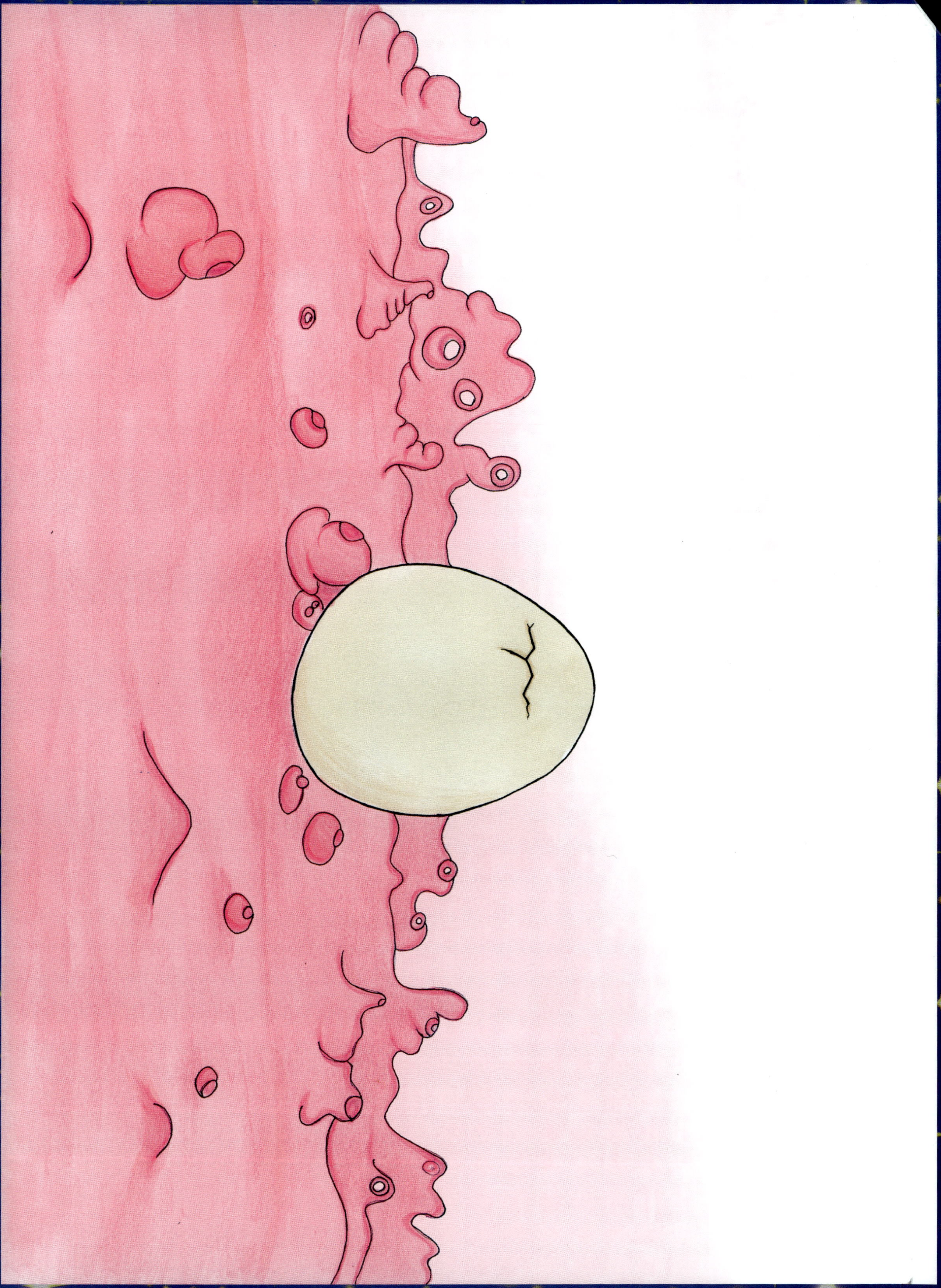

Damit wäre unser erstes Geheimnis gelüftet.
Oder geschlüpft, um ganz genau zu sein.

Das geht natürlich nicht so schnell, wie es jetzt hier aussieht.
Wenn ihr alle Bilder abdeckt und so alle fünf bis siebeneinhalb Minuten wieder eins aufdeckt, bekommt ihr vielleicht eine Vorstellung davon, wie viel Zeit – und Geduld – es braucht, aus so einem Ei herauszukommen.

Das dauert selbstverständlich nur beim ersten Mal so lange.
Nach ein paar Wochen und mit etwas Übung wird es schon viel einfacher, in das Ei hinein- und wieder herauszuklettern.

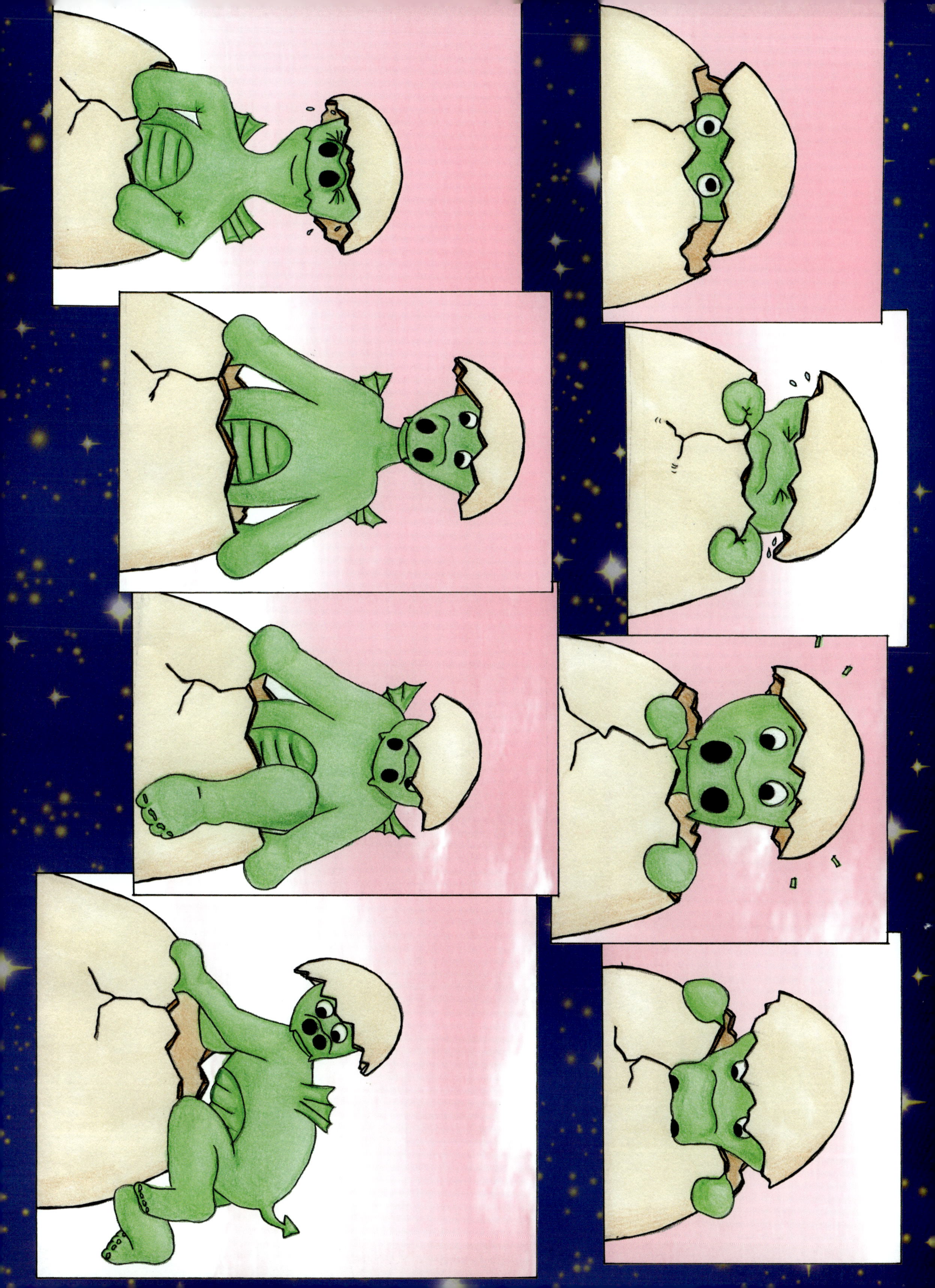

Das ist übrigens Nimb.
Den Namen hat sich Nimb selbst ausgesucht. Warum können wir an dieser Stelle nicht vollständig klären.
Klar ist nur, dass der Name von „Nimbostratus-Wolke“ kommt.
Das sind die dicken, undurchdringlichen Wolken, die Regen bringen.
Vielleicht hat Nimb ja in die Wolken geguckt und darin etwas besonders Schönes gesehen?

Schaut ihr manchmal in die Wolken und seht lustige Dinge?
An manchen Tagen lassen sich da ganze Geschichten erkennen.
Bei Gelegenheit werden wir Nimb noch einmal fragen, was es damit auf sich hat.

Als Nimb an dem Tag, den ihr hier seht, in die Wolken schaute, gab es eine ganz besonders tolle Wolke.
Nimb wunderte sich zunächst, dass die Wolke im Gegensatz zum restlichen Himmel ganz grau war.
Und noch dazu immer größer wurde.
Nimb kniff die Augen zusammen und schaute genauer.

Das war gar keine Wolke!
Das war ein Raumschiff!

Im Raumschiff – dem Raumschiff Cosinus – war Wuschel gerade aufgestanden
und hatte mit einem ganz normalen Tag gerechnet:
Ein wenig durch den Weltraum fliegen.
Warten, dass Cpt_Cosmo aufsteht.
Eine Runde Karten spielen (und gewinnen).
Etwas Leckeres kochen.
Irgendwann schlafen gehen.
Und so weiter.

In der Nähe des Planeten Magentos zeigte der Kontrollbildschirm plötzlich an,
dass das Raumschiff zur Landung ansetzte.
Wuschel flitzte sofort los, um Cpt_Cosmo zu wecken.
Wenn ihr Wuschel auf dem Weg durch das Raumschiff hinterher flitzt, dann landet ihr in Cpt_Cosmos Kajüte – so heißen die Zimmer auf Schiffen aller Art, also auch in Raumschiffen.

Wuschel gab sich alle Mühe, Cpt_Cosmo wach zu bekommen.
Schlaf ist ein wichtiges kosmonautisches Grundbedürfnis, deshalb war das gar nicht so einfach.
Aber Wuschel kannte Cpt_Cosmo lange genug, um zu wissen, was zu tun war. Nach einer kurzen Rangelei um weitere fünf Minuten im Bett war Cpt_Cosmo klar, dass etwas sehr Wichtiges passiert sein musste – sonst wäre Wuschel nicht so hartnäckig gewesen.

Cpt_Cosmo folgte Wuschel zum Schaltpult und nun starrten die beiden abwechselnd auf den Bildschirm
und aus dem Fenster auf den Planeten.

Was hatte das zu bedeuten?
Sie wollten doch gar nicht auf Magentos landen.

Hatte Cpt_Cosmo Wuschel vielleicht falsch verstanden?
Wollte Wuschel Bekannte auf Magentos besuchen?

Wuschel war genauso erstaunt.
Wollte Cpt_Cosmo auf Magentos landen?
Da wollten sie doch eigentlich gar nicht hin –
und außerdem wäre es nett gewesen, vorher informiert zu werden.

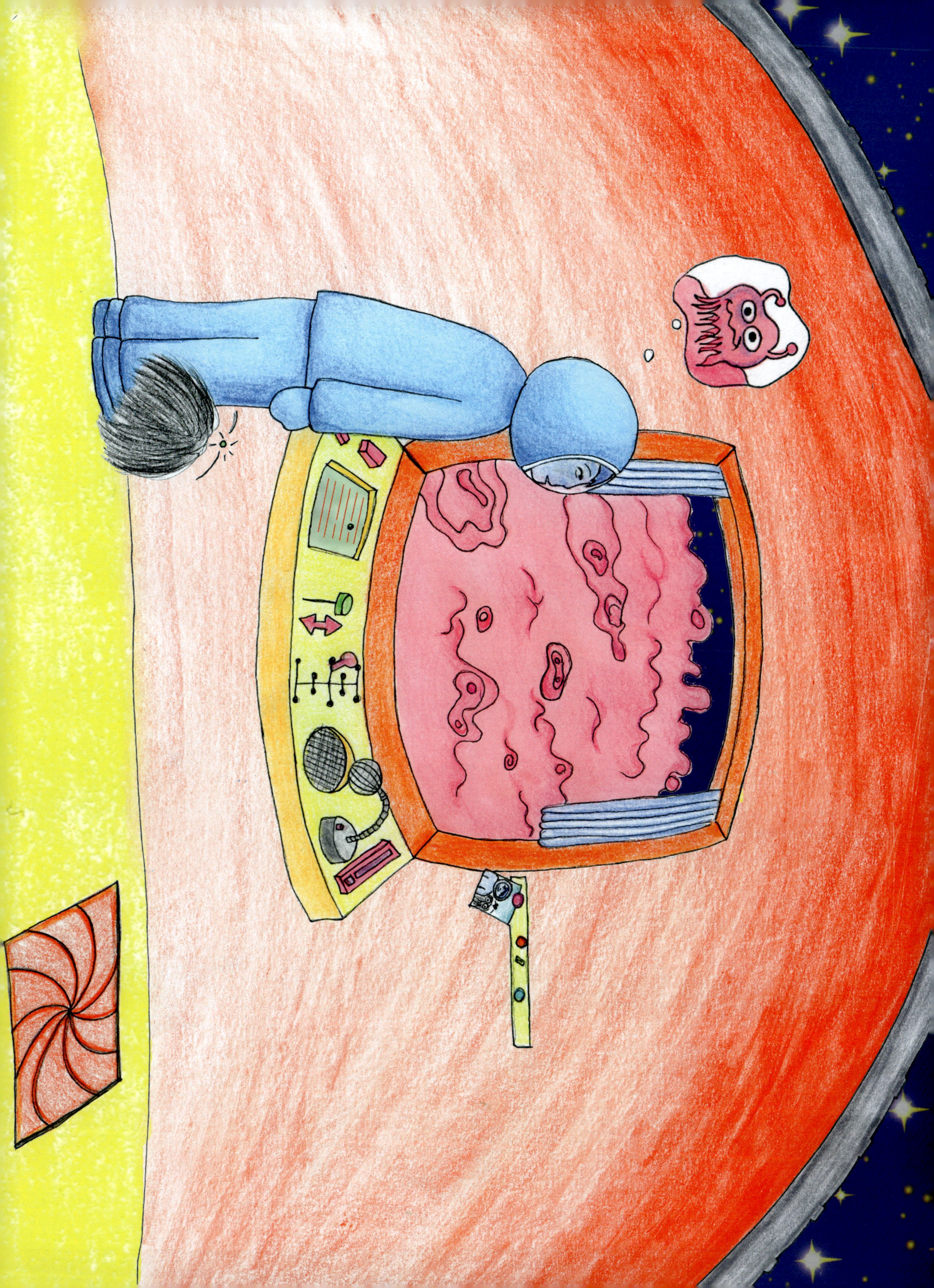

Cpt_Cosmo drückte die Lautsprechertaste: „Computer! Ich brauche einen aktuellen Bericht!“
„Das lässt sich auch netter sagen!“, antwortete eine Stimme aus dem Lautsprecher.
Das war ungewöhnlich.
Cpt_Cosmo sah Wuschel Hilfe suchend an und versuchte es noch einmal:
„Computer? Kann ich einen aktuellen Bericht bekommen, bitte?“
Statt einer Antwort setzten sich Hebel und Knöpfe in Bewegung und der Landevorgang wurde fortgesetzt.
Das sollte wohl „Nein!“ heißen.

Also drückten die beiden sich ans Fenster und sahen zu, wie der Boden immer näher rückte.

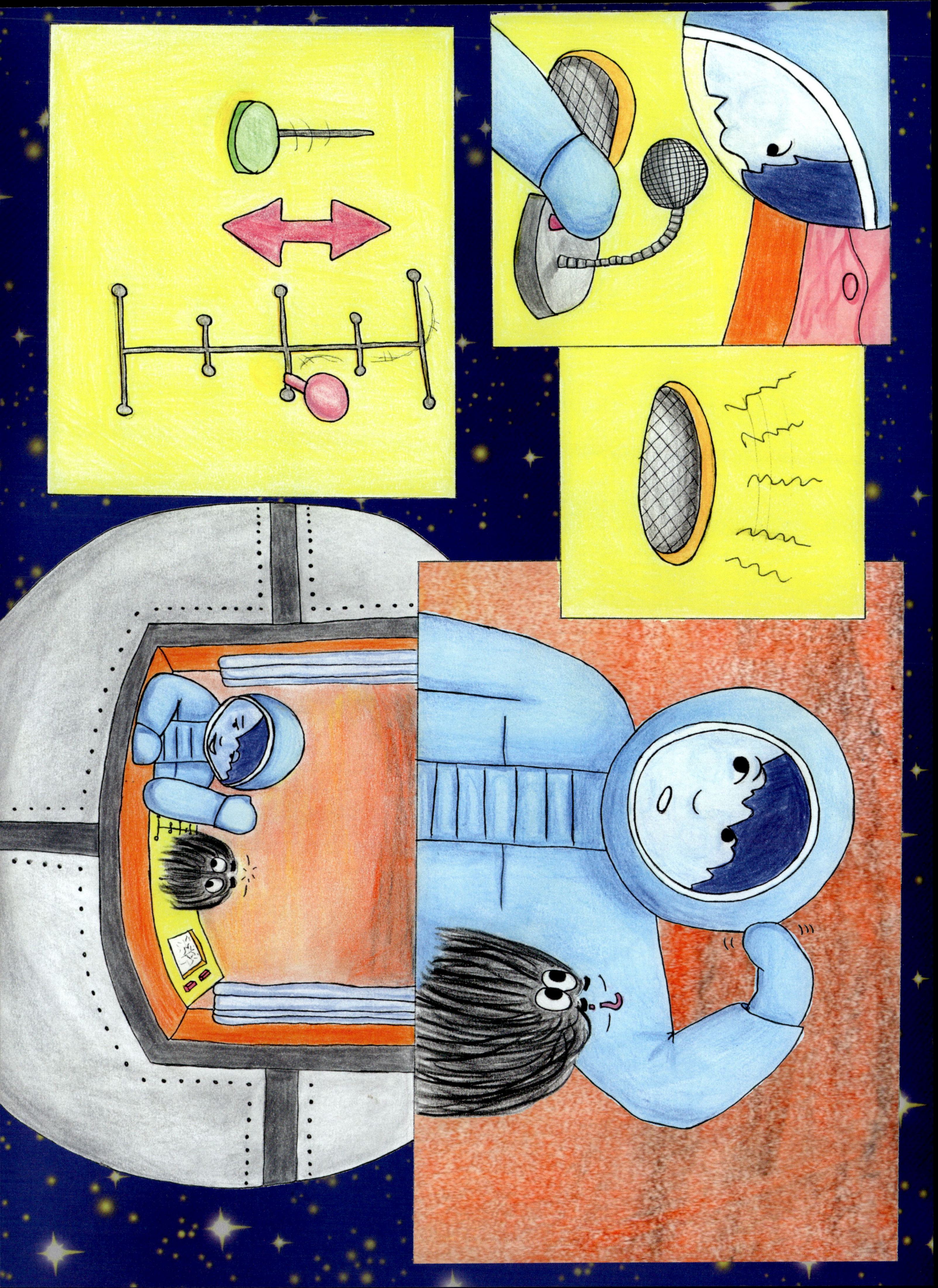

Der Propeller des Raumschiffs wirbelte ganz schön viel Staub auf.
Keinen grauen Staub wie den, der sich manchmal unter´m Bett ansammelt.
Oder auf den oberen Regalbrettern, wo so schwer hinzukommen ist.
Der Staub war pink. Eine dicke, pinke Sternenstaubwolke wurde also von dem landenden Raumschiff aufgewirbelt.

Nimb musste sich erst einmal hinter einem Felsen in Sicherheit bringen.
Warum landete dieses Raumschiff mitten auf Magentos?
“Dafür gibt es doch nun wirklich Raumhäfen genug“, dachte Nimb.
“Da wird es dann auch nicht so staubig!“

Die Außenklappe des Raumschiffs öffnete sich und ein fliegender, schwarzer Mopp verschwand in der pinken Wolke.
„Wuschel! Warte auf mich!“, rief eine blaue Kugel mit Armen und Beinen und rannte hinterher.
Die Staubwolke versperrte immer noch jede Sicht.
Nimb musste husten.
„Wuschel! Wuuuuuuscheeeeel!“, tönte es aus der pinken Wolke.
Das klang, als bräuchte jemand Hilfe!
Also verschwand auch Nimb in der Wolke und – Rumms! – war es passiert.

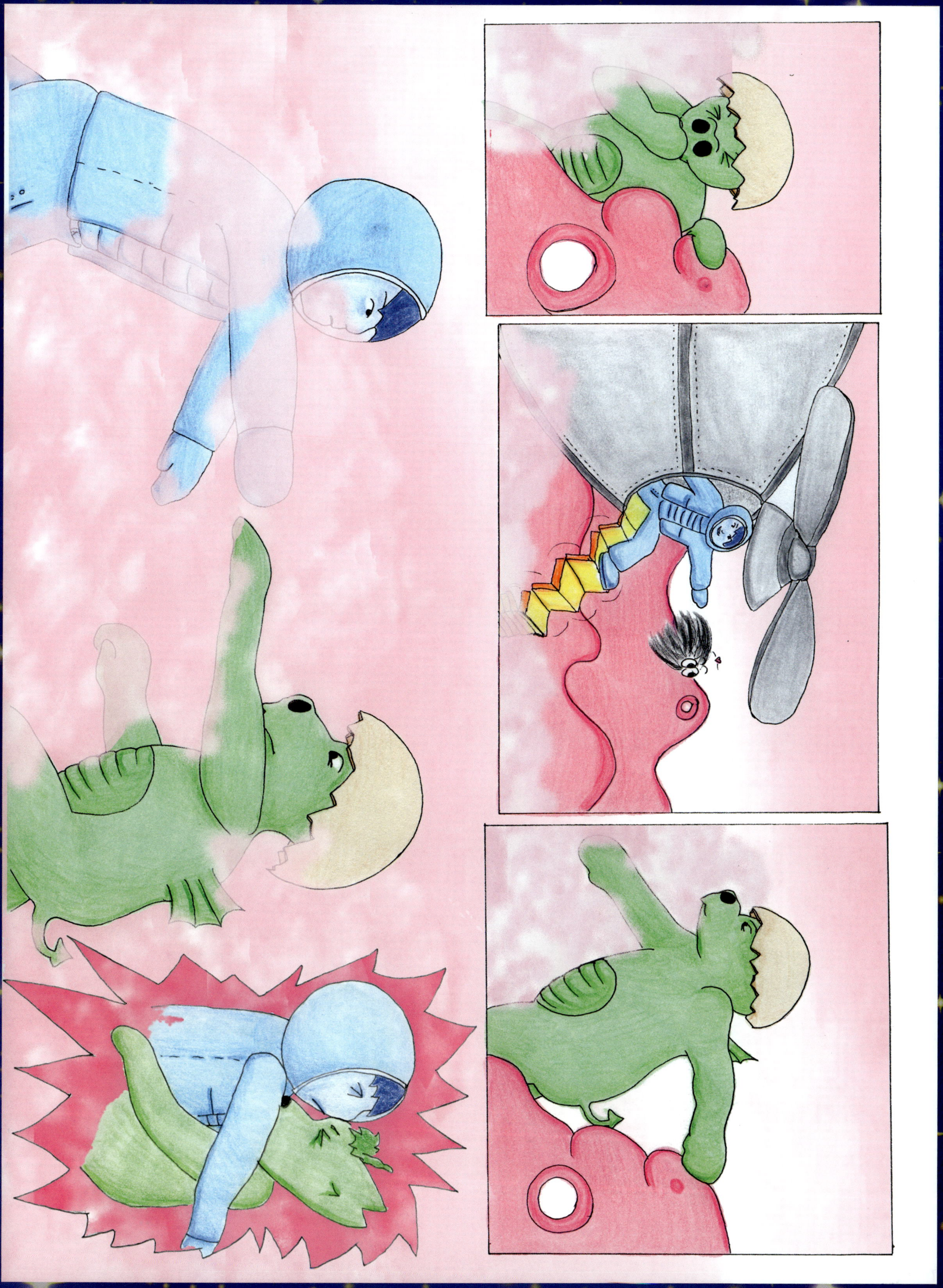

Die pinke Wolke hatte sich langsam gelegt, und Nimb und Cpt_Cosmo saßen sich verwundert gegenüber.
Sie waren in der Aufregung voll ineinander gerannt,
und Nimb war dabei Cpt_Cosmo gegen den Kopf gerummst.
„Komische Sache“, dachte Nimb, „da will man helfen – und landet auf dem Po.“

„Hallo. Ich bin Cpt_Cosmo, aber du kannst mich auch einfach Cosmo nennen“, sagte Cpt_Cosmo.
„Ich bin mit Wuschel befreundet.“
„Ich bin Nimb“, sagte Nimb.

Cpt_Cosmo war immer noch verwirrt.
War das Wuschels Verabredung?
Die hatte sich Cosmo irgendwie anders vorgestellt.
Das war also Nimb.
Offenbar ohne Raumschiff.
Woher hatte Wuschel das gewusst?

Auch Wuschel war verwirrt und wurde den Eindruck nicht los, dass Cosmo dachte,
die Landung sei Wuschels Idee gewesen. Das stimmte doch gar nicht!
Aber wer hatte die Landung eingeleitet? Und warum?
Ein frustriertes „Argh! Au!“ lenkte Wuschel und Cpt_Cosmo von diesen Überlegungen ab.

Nimb hatte sich bei dem Sturz verletzt!
Warum musste auch genau an der Stelle, wo Nimbs Po gelandet war, so ein blöder Stein im Weg liegen?

Wuschel reagierte am schnellsten, flitzte sofort los und war in weniger als drei Minuten
mit der Verbandstasche zurück.

Nimb hatte sich ein grünes Pflaster mit pinken Punkten ausgesucht und betrachtete das Ergebnis.
Habt ihr schon mal versucht, euch selbst auf den Po zu gucken?
Das ist gar nicht so einfach!

Während Nimb mit sich selbst beschäftigt war, grübelte Cpt_Cosmo wieder über die unfreiwillige Landung.
Wuschel hätte wenigstens sagen können, dass sie hier jemanden abholen sollten!
Das hätte sich wirklich besser planen lassen.

Die Ereignisse waren so aufregend gewesen, dass Wuschel die unfreiwillige Landung fast vergessen hatte.
Es war zwar beunruhigend, mitten auf einem Planeten statt auf dem Raumhafen zu landen – aber es war ja nichts weiter passiert, und es gab keinen Grund, so schlechte Laune zu bekommen, oder?

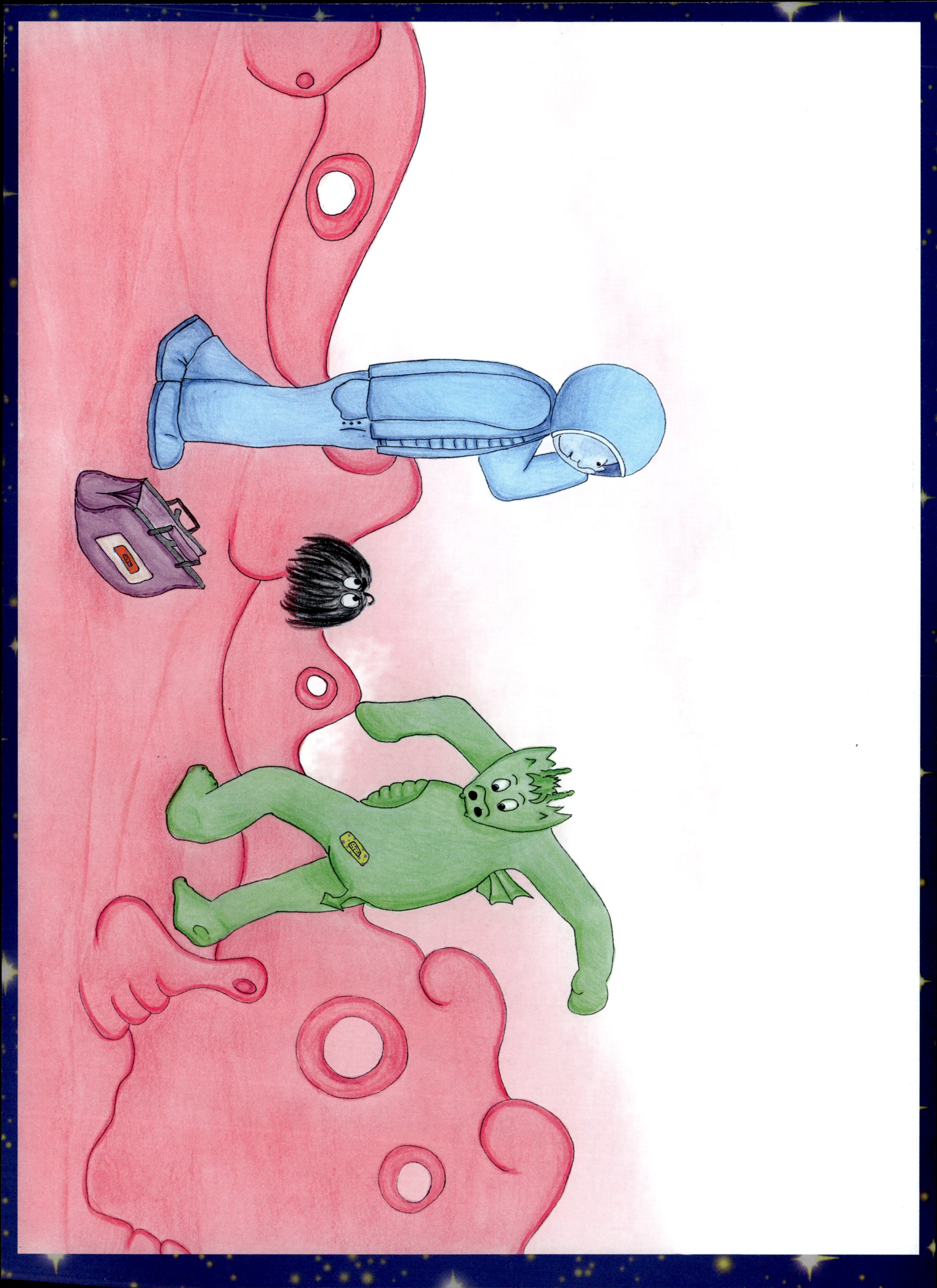

„Also – ich hab ja nichts dagegen, zu helfen und das Taxi für jemanden zu spielen –
aber ich wäre schon gern gefragt worden. Oder wenigstens informiert!“, schimpfte Cosmo los.
„Eigentlich wollten wir heute noch in die Spiralsonnennebel fliegen. Das schaffen wir jetzt nie im Leben.
Außerdem wird mir kalt.“

Cosmo dachte also wirklich, Wuschel wäre für die Landung verantwortlich – offenbar um Nimb abzuholen.
Aber dann hätte Wuschel doch Bescheid gegeben.
Und Cpt_Cosmo vor allen Dingen ausschlafen lassen.
Wuschel musste sich doch sehr wundern!
Wenigstens waren sie sich in einem Punkt einig: Es wurde wirklich kalt.

„Warum bist du denn so schlecht gelaunt?“, fragte Nimb und nahm Cpt_Cosmos Hand.
„Ich finde es nett, dass ihr vorbeigekommen seid! Möchtet ihr mir nicht euer Raumschiff zeigen?“
Das änderte Cosmos Laune sofort. „Raumschiff Cosinus? Klar! Immer hinter Wuschel her!“
Wuschel freute sich, dass die schlechte Laune vorbei war und war schon wieder schneller als alle anderen.
Wuschel hatte nämlich eine Idee.
Schließlich gab es im Raumschiff das beste Mittel gegen Kälte.
Und schlechte Laune!

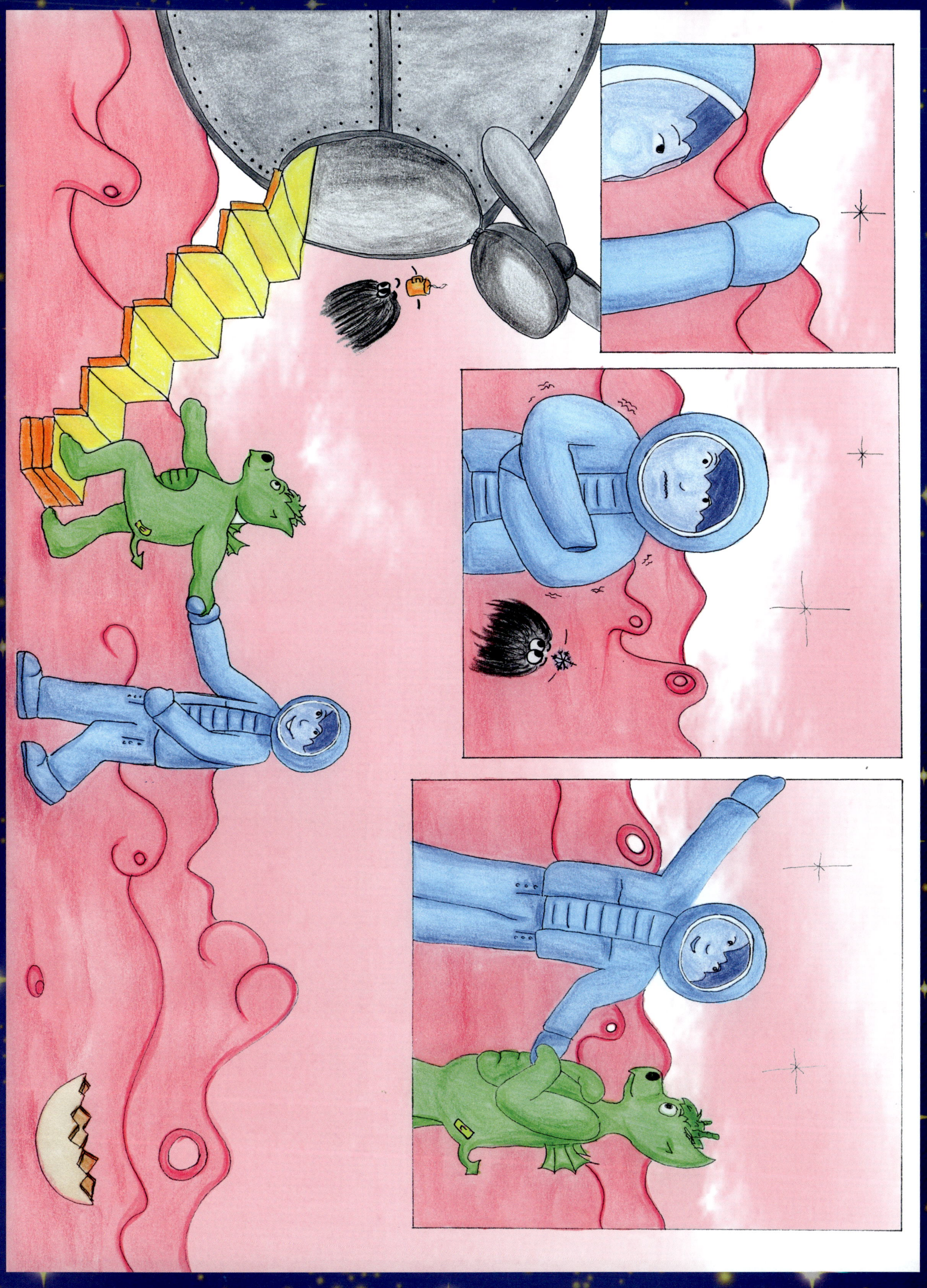

Heiße Schokolade! Was für eine herausragend gute Idee!
Wenn ihr keine heiße Schokolade mögt –
stellt euch an dieser Stelle das Getränk vor, das euch an kalten Tagen den Bauch wärmt
oder euch glücklich macht, wenn ihr traurig seid.
Dann könnt ihr euch besser vorstellen, wie es den dreien in diesem Moment ging.

Wuschel hatte wirklich immer die besten Ideen, fand Cpt_Cosmo.
Nimb bekam noch einen großen Schlagsahneberg auf das dampfende Getränk.
„Und, lecker?“, fragte Cpt_Cosmo.
„Hmmmmm“, seufzte Nimb – und Wuschel war sich ziemlich sicher,
dass sie einen weiteren Schokoladenfan gefunden hatten.

Da es im Raumschiff ein wenig kühl wurde, richtete Cosmo sich wieder an den Bordcomputer:
„Computer! Heizung an!“

Nichts passierte.
Cpt_Cosmo erinnerte sich an die Beschwerde vor der Landung und versuchte es noch einmal:
„Computer! Heizung an, bitte!“
Keine Reaktion.
„Lieber Computer, würdest du bitte die Heizung anmachen?“
Und wieder nichts.

Cpt_Cosmo griff zum Äußersten:
der Gebrauchsanleitung!
Das kiloschwere Buch war noch recht neu und Cosmo fragte sich, ob es überhaupt schon mal benutzt worden war.
Zusammen schauten sie in das Buch.
„Hilfe... Notfall.... Störfälle...“, lasen sie zusammen.
Wuschel bemerkte, dass es für jeden der Fälle die gleiche Antwort gab:
Den Ausrufe-Button auf dem Schaltpult.
Ha! Das war ja einfach!
Gespannt drückte Cosmo den Knopf.

Und dann tat sich der Boden auf.

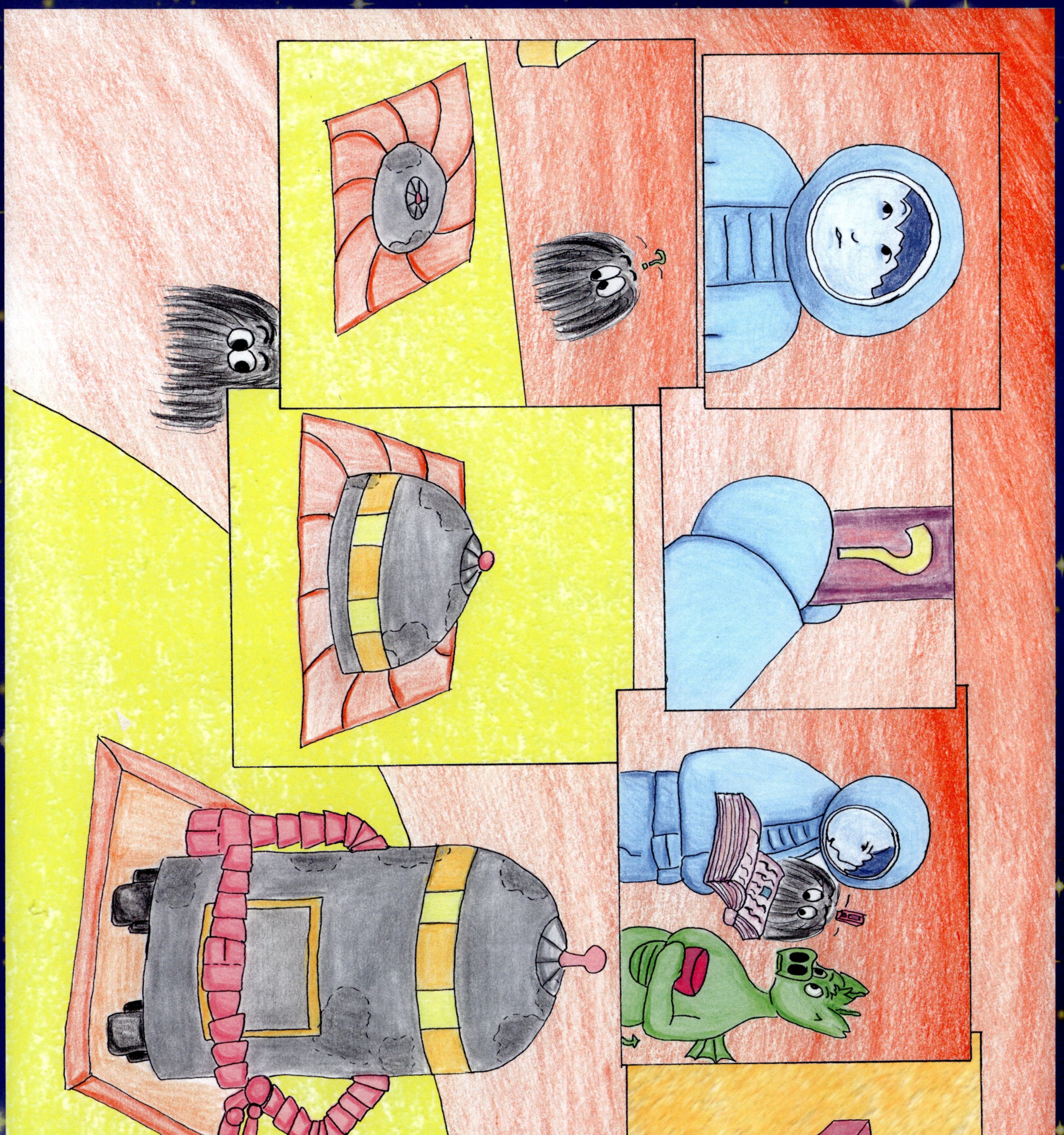

„Ähm – bist du unser Bordcomputer?“, wunderte sich Cosmo.
„Was denkst du, wer hier die ganze Arbeit macht?“

Das war eine verdammt gute Frage, die sich Cosmo so noch nicht gestellt hatte.
Bisher hatte ja auch alles immer funktioniert...
„Abgesehen davon, dass ich keine Antwort auf diese Frage erwartet habe, möchte ich mich hiermit beschweren, dass meine letzte Wartung schon drei Jahre her ist. Vorgesehen ist alle zweieinhalb Jahre!“
„Das wusste ich nicht“, sagte Cosmo und fühlte sich ein wenig unbehaglich.
„Steht auf Seite 1182 im Buch. Ich nehme an, dass du nur die Kurzanweisung gelesen hast, um dann großkosmonautisch einfach loszufliegen?“
Cosmo schwieg betroffen.

Nimb wollte gern helfen, wusste aber nicht wirklich wie –
vielleicht sollten sie noch einmal in das Buch schauen?
Der Bordcomputer schimpfte weiter.
„Damit ich hier nicht weiter ignoriert werde, habe ich beschlossen,
keine Lichtsekunde weiterzufliegen!“
Das erklärte nun endlich auch die Landung.
„Ähm.. aber Bordcomputer...“
„Mein Name ist MICZ. Mobile Interne Computer Zentrale – kurz MICZ.
Das wollte ich auch schon längst mal gesagt haben.“
„MICZ – es tut mir leid. Ich hatte keine Ahnung“, murmelte Cosmo.

Wuschel hatte nicht lange gezögert und einen Staubwedel besorgt.
Wenn sie die Wartung jetzt noch nicht durchführen konnten, konnte Wuschel wenigsten schon mal anfangen, den ganzen Staub abzuwedeln, der sich auf MICZ angesammelt hatte.

„Computer dies, Computer das... Kein ‘Bitte’, kein ‘Danke’... Befiehlt und lässt andere für sich arbeiten und kann selbst nicht mal eine Heizung anschalten“, schnaubte MICZ.
„Und warum macht Wuschel jetzt schon wieder die ganze Arbeit?“

Cpt_Cosmo sagte nichts mehr.
Nimb hatte das große, schwere Handbuch aufgehoben und Cosmo in die Hand gedrückt.
Nimb tippte auf eine Stelle und las vor:
„Seite 1182... Wartung der Mobilen Internen Computer Zentrale – MICZ – spätestens alle zweieinhalb Jahre...“, stand da unübersehbar.
Nimb hatte das Gefühl, dass Cpt_Cosmo, Wuschel und MICZ das erst einmal unter sich klären mussten und schlich sich davon.
MICZ betonte noch einmal: „Ich streike!“, und schaltete sich ab.

Es wurde Nacht auf Magentos, und in unserem kosmonautischen Quartett waren alle sehr mit sich beschäftigt. MICZ streikte. Nimb dachte nach. Cpt_Cosmo las. Und Wuschel zog sich nach all der Aufregung und dem Streit genervt in die Schlafmuschel zurück.

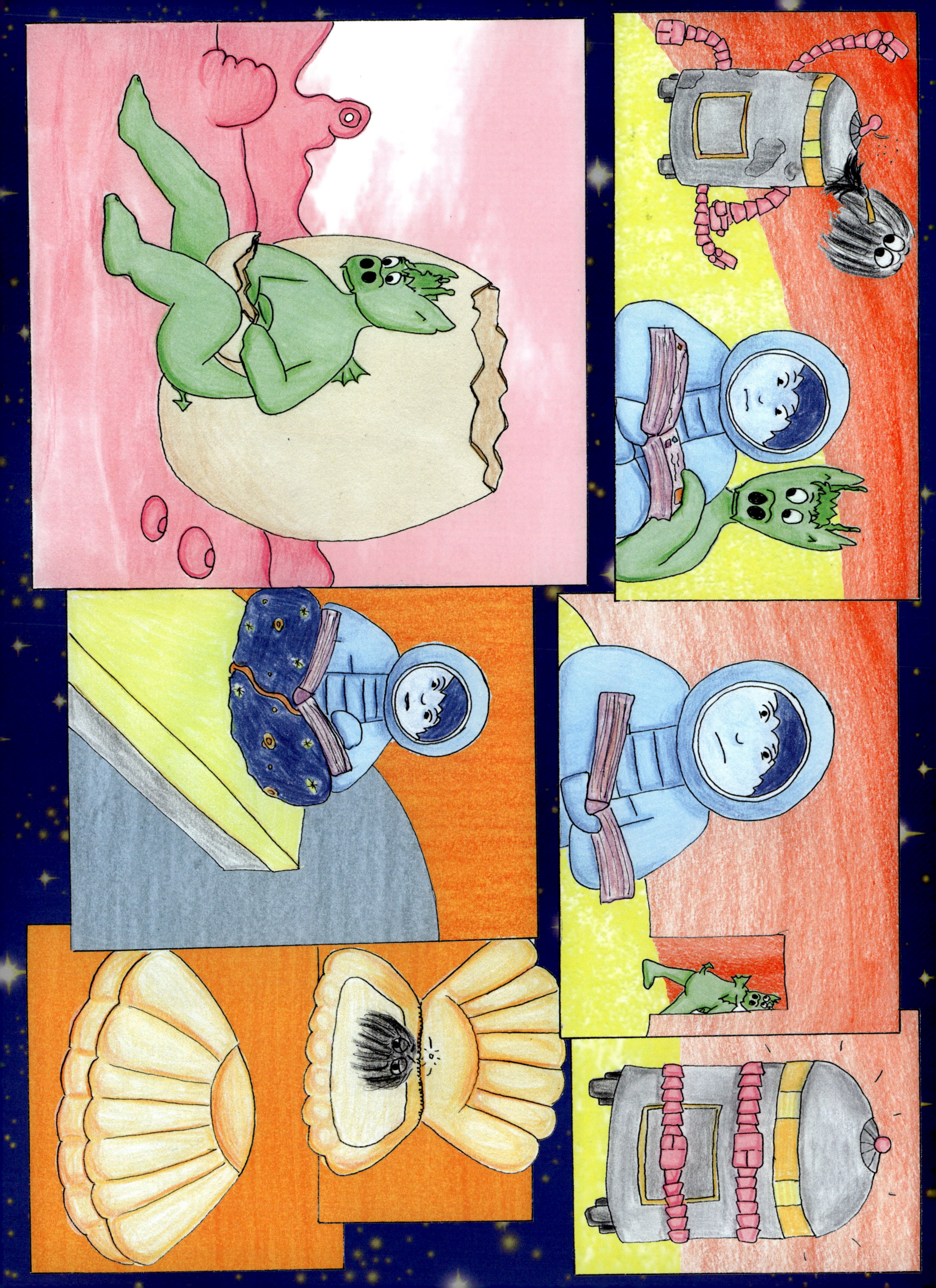

Nimb schaute sich gerade den magentischen Himmel an, als sich ein Rollen näherte.
„Kann ich dir Gesellschaft leisten?“, fragte MICZ.
„Klar!“, sagte Nimb und fragte: „Geht es dir gut?“
MICZ seufzte.
„Geht so. Ich habe eigentlich gar keine Lust, so eine Motzschraube zu sein.
Aber bevor ich kaputt gehe, muss ich doch was sagen!
Ich finde es doof, dass ich dann das Gefühl haben muss, dass ich schlechte Laune verbreite,
weil ich auf meine schlechte Behandlung hinweise.“
„Das kann ich gut verstehen. Kann ich etwas für dich tun?“, fragte Nimb.
„Gerade brauche ich nur ein wenig Unterhaltung.“

„Was machst du eigentlich hier? Und wo ist dein Raumschiff?“, fragte MICZ.
„Oh – ich habe noch kein Raumschiff. Ich bin vor kurzem hier geschlüpft“, erklärte Nimb.
„Und jetzt wollte ich mir eigentlich eine Familie suchen.“
„Eine Familie? Suchen?“, MICZ war verwirrt.
„Naja – du kannst es nennen, wie du magst. Ich meine Leute, die ich mag und die für mich da sind. Und ich für sie.
Auch wenn es mal Probleme gibt. Das ist für mich Familie.“
Das klang logisch.

„Hast du an Raumschiff Cosinus als Zuhause gedacht?“, fragte MICZ plötzlich.
Nimb wurde ein wenig rot.
„Vielleicht ein bisschen. Ich finde euch eigentlich alle ganz nett. Auch wenn ihr gerade streitet.“
MICZ überlegte kurz.
„Nur damit du es weißt: Magentos ist ein sehr beliebter Zwischenlandeplanet.
Du wirst also noch viele Leute kennenlernen.“
Nach einer kurzen Pause fügte MICZ leise hinzu:
„Aber ich würde mich sehr freuen, wenn du mit uns kommst!“

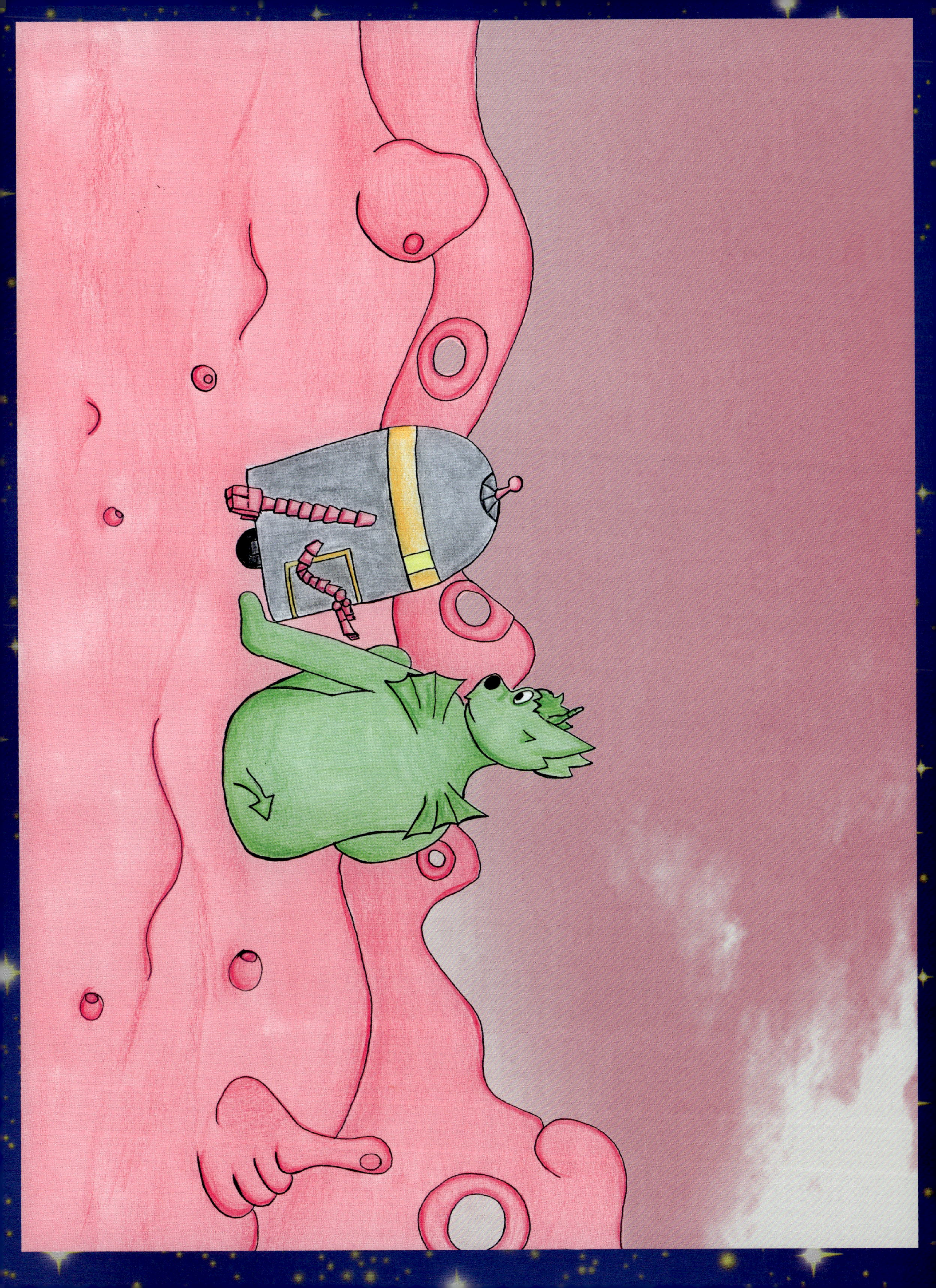

Nimb hatte erst sehr spät schlafen können. Das Gespräch mit MICZ war sehr aufwühlend gewesen.
Mit den ersten Sonnenstrahlen streckte sich Nimb und gähnte – und war nicht allein.
Ziemlich zerknirscht saß da Cpt_Cosmo.
„Entschuldige, ich wollte dich nicht erschrecken. Im Raumschiff ist so schlechte Stimmung.“
Nimb dachte an das, was MICZ gesagt hatte.
„Hast du noch einmal mit MICZ geredet? Ich wäre auch sauer, wenn ich dringend gewartet werden müsste und sich niemand darum kümmert. Wo findet diese Wartung überhaupt statt? Wir müssen da sofort hin! Dann gibt es auch keinen Grund für schlechte Laune!“
Das war so logisch, dass Cpt_Cosmo die eigene schlechte Laune fast ein wenig peinlich war.

Inzwischen waren auch MICZ und Wuschel aufgewacht.
„Es tut mir leid, MICZ“, sagte Cpt_Cosmo, „magst du mir sagen, wo wir für die Wartung hin müssen?“
„In eine Werkstatt nach Robort“, antwortete MICZ.
„Dann nichts wie los nach Robort!“, rief Nimb.
„Also, ich meine – wenn alle einverstanden sind, komme ich nämlich mit.“
Wuschel freute sich. Keine Frage!
MICZ war mehr als einverstanden und Cpt_Cosmo klatschte vor Freude in die Hände.

Nimb freute sich sehr und deutete auf das Ei:
„Aber ich hätte da noch ein kleines Handgepäck.“

Klar sollte Nimbs Ei mit! Also fassten sie alle mit an.

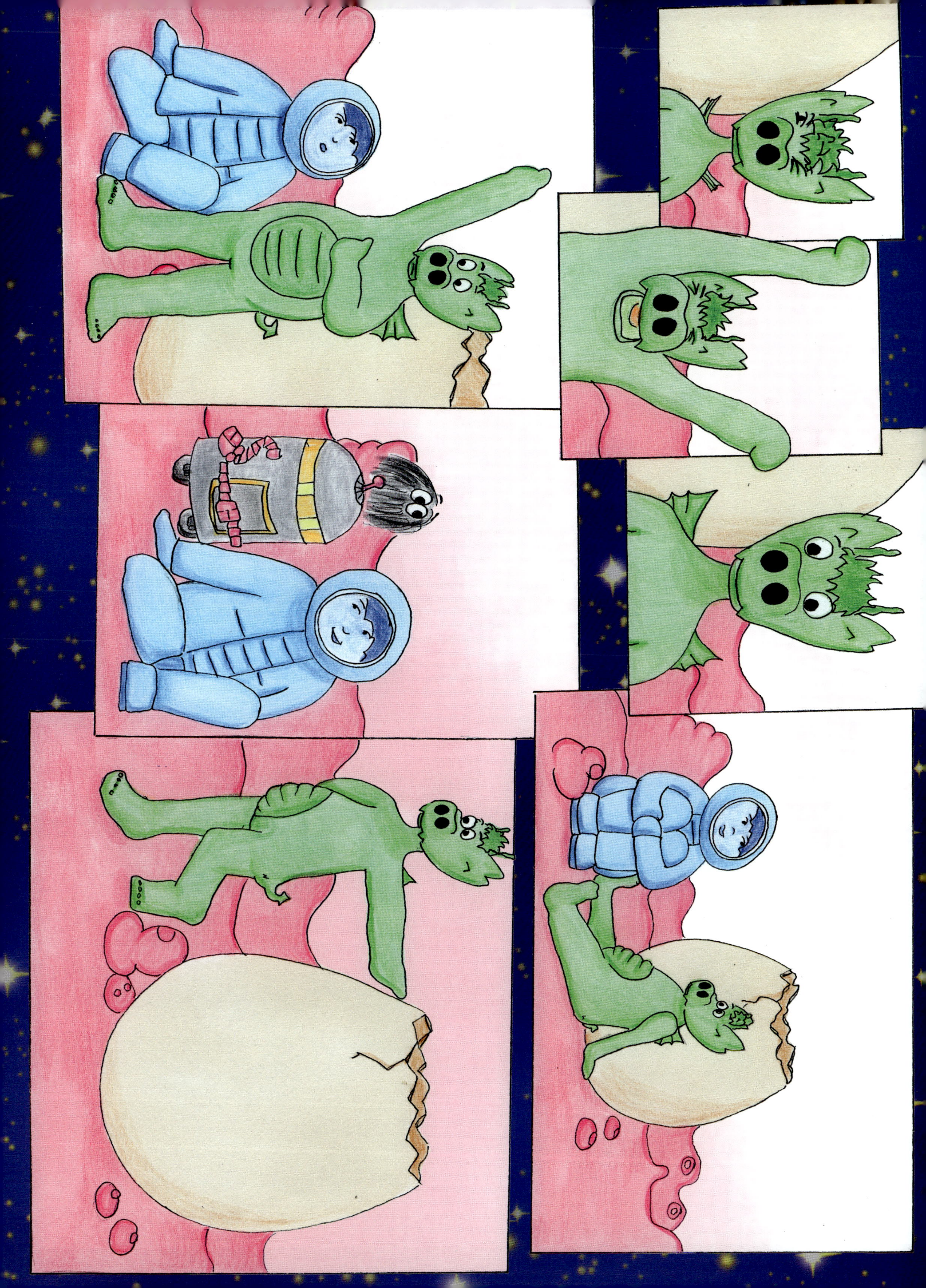

Nun ja – fast alle.
MICZ war ja noch im Streik.
Das war klar – aber ein, zwei, drei oder vier helfende Hände wären wirklich toll gewesen.
Nach ein paar Runden um das Ei und ein paar erfolglosen Versuchen hatten Nimb, Cpt_Cosmo und Wuschel das Ei so weit hoch gehoben, dass sie es langsam Richtung Raumschiff transportieren konnten.

Seid ihr schon mal mit Leuten umgezogen, die ihre Kartons viel, viel, viel zu voll gepackt hatten?
Ungefähr so fühlt es sich an, wenn man ein Ei tragen muss, das fast so groß ist wie man selbst.
Aber immerhin kamen sie Stück für Stück voran.

Als sie an der Treppe angekommen waren, gab Nimb mit einem „Ich kann nicht mehr!“ auf und setzte sich.
„Mitten auf der Treppe? Ich muss hier gerade das ganze Gewicht halten!“,
gab Cpt_Cosmo mit ein wenig Panik in der Stimme zurück.
Wuschel schnaufte mit einer Mischung aus Erschöpfung und Protest – und hatte ausnahmsweise keine Idee,
wie sie es schaffen sollten, das Ei ins Raumschiff zu bekommen.

Jetzt reichte es MICZ.
„Das ist ja nicht auszuhalten! Nicht einmal in Ruhe streiken kann man hier!“
Mit vier Händen mehr war das Ei gar nicht mehr so schwer.
„Danke, das ist wirklich supernett“, murmelte Cosmo.
„ja – a -a-a-a supernett -ett -ett -ett“, klang es aus dem Ei.
Nimb kicherte. „Hihi. Es gibt ein Echo. Hihi.“
„Hey! Wenn ich lachen muss, kann ich nicht so gut halten“, beschwerte sich Cpt_Cosmo,
aber das war nicht so ernst gemeint.

Gemeinsam schafften sie es die Treppe hoch.
„Ab hier können wir rollen“, sagte Nimb und schaute Wuschel an.
Wuschel hatte mal wieder an alles gedacht und erinnerte daran, dass das Ei auch noch einen Deckel hatte.
„Super! Das hätte ich fast vergessen“, sagte Nimb und fragte:
„Kann den noch jemand holen?“
Das machte Cpt_Cosmo. Der Deckel war ja nicht so schwer.

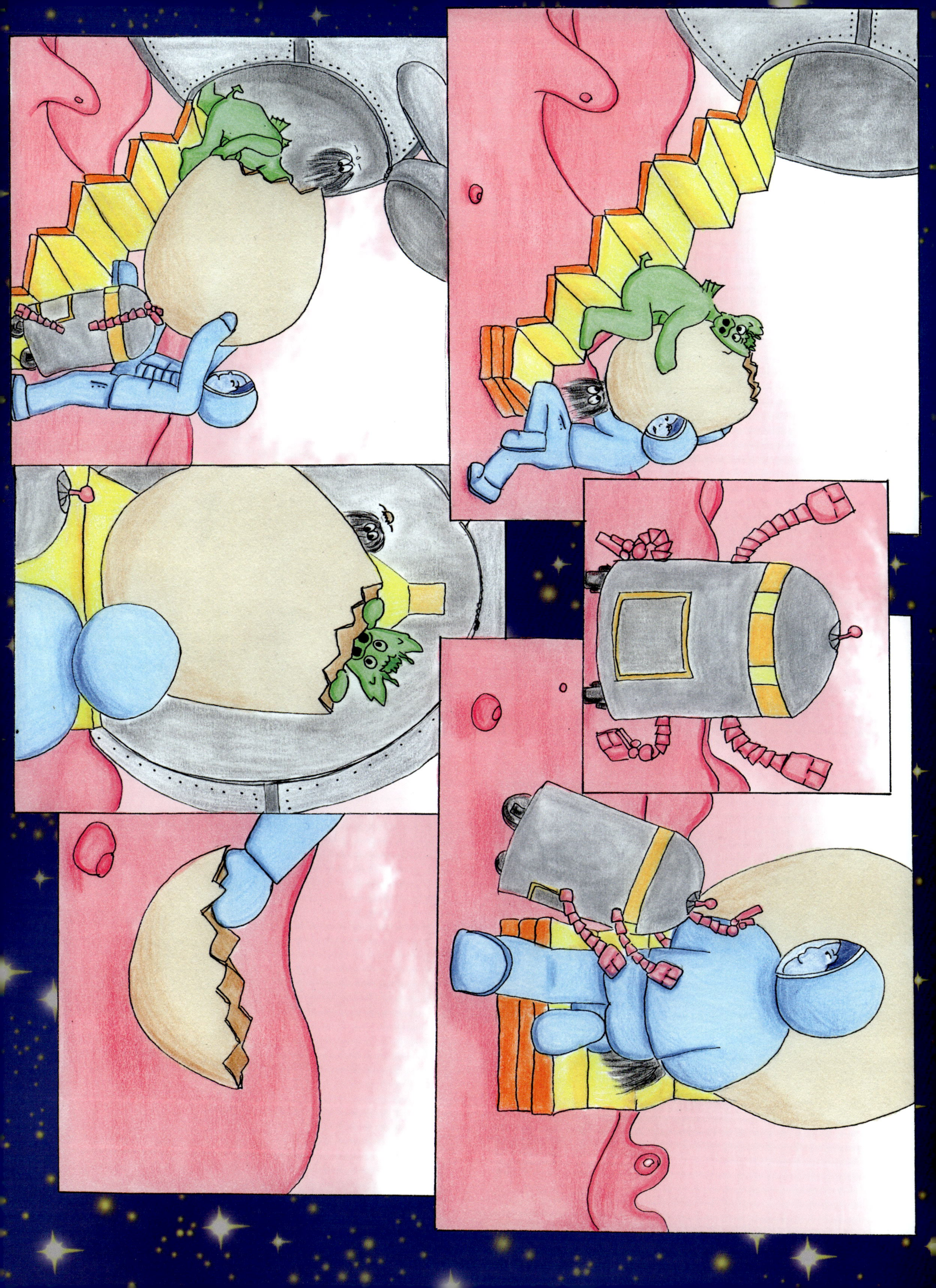

Geschafft!
Erschöpft sanken die vier auf dem Boden zusammen.
„Hey MICZ, das war wirklich nett. Ohne dich hätten wir das nicht geschafft!“
„Schon gut. Immerhin werden meine Forderungen ja jetzt erfüllt“, sagte MICZ.
Das klang nicht mehr ganz so wütend wie am Abend davor.
„Außerdem kann Nimb ja nichts für meine schlechte Wartung.“
„Dankeschön“, sagte auch Nimb.
Wuschel war einfach nur erschöpft auf den Boden gerutscht und hatte schon jetzt einen fürchterlichen Muskelkater.

„Hey – ihr wollt aber jetzt nicht noch ein weiteres halbes Jahr hier auf dem Boden verschlafen?“,
sagte MICZ nach einer Weile. „Ich möchte schon bald los!“

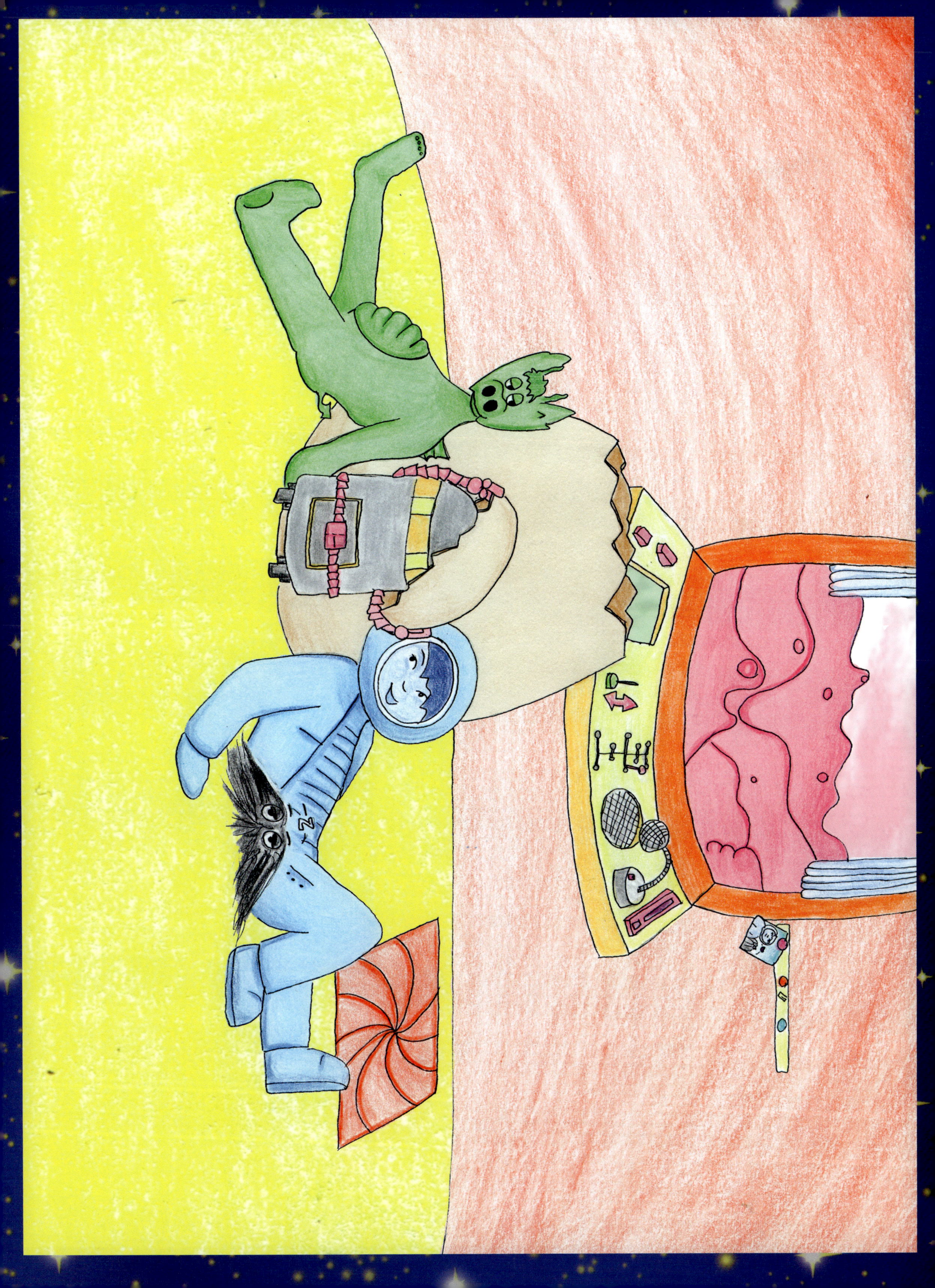

„Guck mal, ist das so richtig?“, fragte Cosmo. „Das hab ich im Buch gelesen.“
MICZ kontrollierte kurz die Hebel und Knöpfe und bemerkte:
„Naja fast. Ich kann dir später auch noch ein bisschen was erklären, wenn du magst.“
„Sehr gern“, antwortete Cosmo und richtete sich an den Rest der Crew:
„Wer möchte gern etwas trinken, bevor es losgeht?“
Alle – das war klar!
„Auf gute Freundschaft!“
„Auf meine Wahlfamilie!“
„Auf gute Zusammenarbeit!“
„<3“,
riefen sie durcheinander.

Und dann machten sie sich auf den Weg nach Robort.

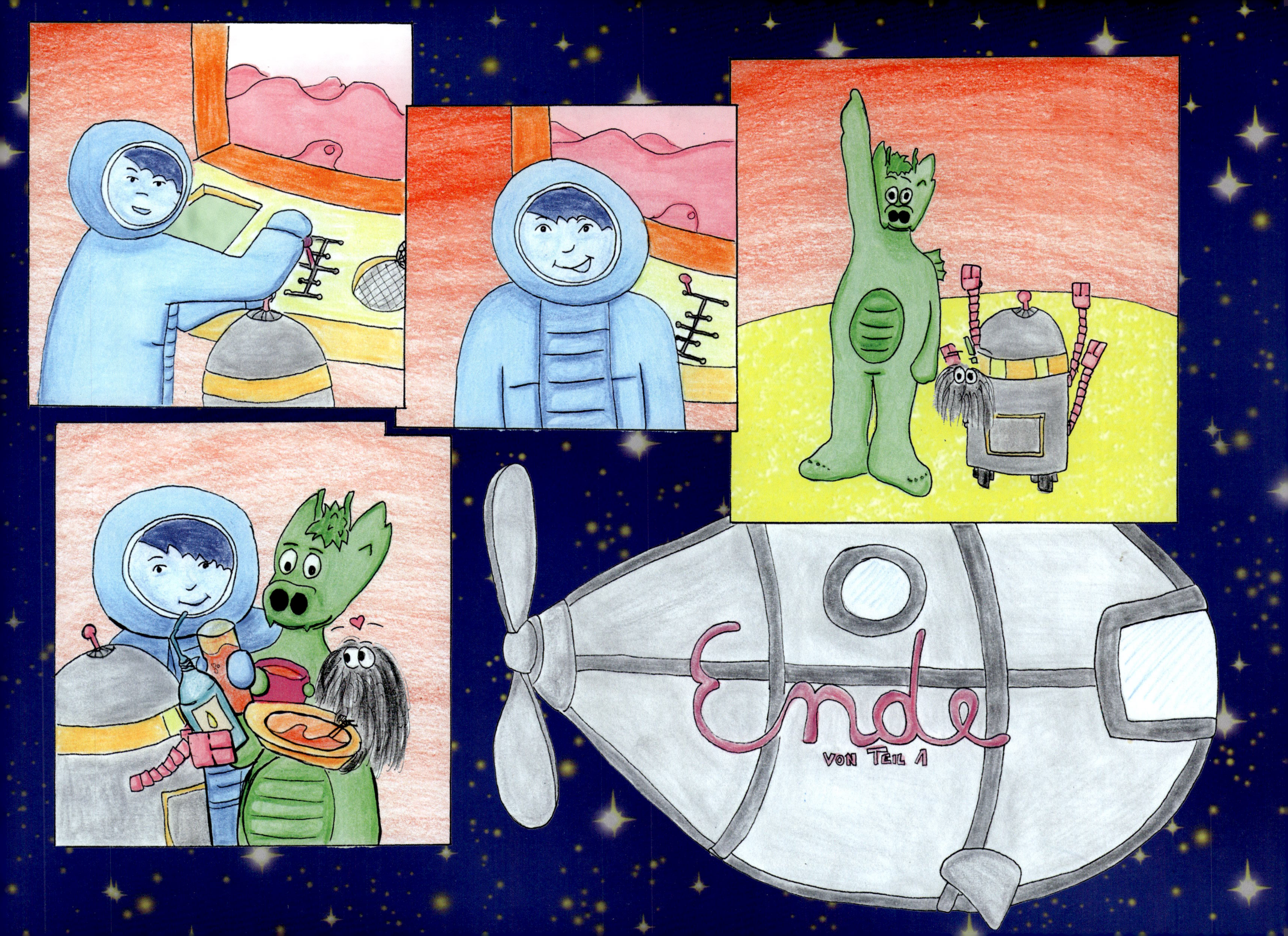
Ende
von Teil 1

Vielen Dank an:

meine Social-Justice-Ausbildungsgruppe, die meine Aufmerksamkeit öfter mal mit bunten Stiften und Papier teilen musste,
die Seminargruppe Wissensproduktionen und interdependente Machtverhältnisse für Anregungen, Kritik und Korrekturvorschläge,
Ina und Ben vom NoNo Verlag für anhaltenden Enthusiasmus, Unterstützung, lange Diskussionen, Gespräche - und Raum für sehr flexible Zeitplanung(en),
Tante Horst, meinem (Lieblings-)Kollektiv, für Support und Verständnis,
die WG in Neukölln für Ressourcen-Luxus, Büronutzungsmöglichkeiten, Kaffeeversorgung und Dauerunterstützung,
Joanna Soyka (www.ferrytoginger.com) für diverse Grafik-Profi-Tipps,
Deniece for the layout,
die Tollen und Wunderbaren, ohne die es dieses Buch nicht gäbe:
Mika, Bobby und Nancy.
<3